Il Mulino a Vento

Per volare con la fantasia

Collana di narrativa per ragazzi
diretta da
Luigino Quaresima

17

GRUPPO EDITORIALE RAFFAELLO

I^a^ Edizione 2007

Ristampa

7 6 5 4 3 2 1 2013 2012 2011 2010 2009 2008 2007

Raffaello Editrice

E. Mail: info@ilmulinoavento.it

http://www.ilmulinoavento.it

Printed in Italy

CERMET
SISTEMA DI GESTIONE CERTIFICATO
QUALITÀ UNI EN ISO 9001:2000
AMBIENTALE UNI EN ISO 14001:2004

Marina Rossi

LA FATTORIA DI PRATO FIORITO

Illustrazioni di

Giovanni Luca Giombetti

C'era una volta...

...la Fattoria di Prato Fiorito.

Era un luogo incantevole e gioioso.

A Prato Fiorito tutte le mattine il sole sorgeva sorridente dietro la collina e si tuffava la sera nel piccolo lago, stanco ma soddisfatto.

Nella fattoria viveva John con sua moglie e il suo bambino.

Erano molto felici perché amavano la natura: la loro vita era laboriosa, impegnativa, ma molto piacevole.

In un posto così speciale, persino gli animali vivevano mille e più avventure...

ROLFO IL PORCELLINO

Per il **porcile** era stata un'annata davvero speciale.

La bella porcellina Betty aveva superato se stessa mettendo al mondo una cucciolata di sei maialini: belli, grossi, tondi come chicchi d'uva.

Quando succhiavano il latte, facevano il rumore di una locomotiva in partenza.

Quando smettevano di succhiare, Betty li leccava amorosamente e sentiva le loro pancine gonfie fare "**GLU-GLU-GLU**".

Adagiandoli sul fieno morbido, li contava ripetendo i loro nomi: Susina, Lampone, Poldo, Pesca, Rollo e...

All'appello mancava sempre lui: **Rolfo**!

Ogni volta lo ritrovava imbronciato a succhiarsi il labbro!

Allora lo rimproverava dolcemente:

Guarda questo golosone,
non è pieno il tuo pancione?
Non ti basta la mia pappa?
Sogni forse un po' di zuppa?
Vieni qui, mio bel cicciotto,
che ti lecco sopra e sotto!

Con quella strategia lo distoglieva dalla voglia di succhiare, almeno per un po'!

Dopo qualche giorno **Rolfo** era già alto due spanne più dei suoi fratelli e, dopo un mese, era grosso il doppio di loro.

Quando i piccoli furono svezzati ed iniziarono a mangiare da soli, quel goloso non si tratteneva più!

Se, mettendosi in fila, capitava che lui si ritrovasse ad essere l'ultimo, scatenava un pandemonio. Perdeva all'improvviso il suo buon carattere e cominciava a gridare:

Fratellastri villanzoni,
siete proprio mascalzoni.
Tutto il meglio volete mangiare
e anche oggi dovrò digiunare.
Guardate qua, son già dimagrito,
presto sarò brutto e stecchito!

Mamma Betty si metteva a ridere sentendolo blaterare di digiuni. Per non parlare poi della sua "magrezza": ormai la ciccia gli ballonzolava da ogni piega del corpo!

Quando cominciarono ad uscire dal porcile per le prime passeggiate, la differenza tra **Rolfo** e i suoi fratelli era diventata proprio evidente.

Betty camminava impettita davanti a tutti mentre i suoi piccoli la seguivano rosei e perfetti.

Gli altri animali della fattoria li stavano a rimirare e dicevano:

Che bellissima famiglia,
è una vera meraviglia!
Le femminucce son tanto belle,
che sembran dolci caramelle!
E son belli anche i maschietti,
che sembran proprio dei confetti.
Ma chi c'è all'ultimo posto?
Un bel "barilotto"... molto tosto.

Rolfo non si lasciava scomporre: era sempre preso ad occhieggiare nei dintorni.

Cosa vedevano i suoi occhi? Mele, pere, patate novelle, erba tenera… e più su, al margine del bosco, una distesa di ghiande che erano la fine del mondo.

Durante le passeggiate **Rolfo** rosicchiava qualsiasi cosa e aveva le mascelle sempre in movimento!

Una volta la mamma gli aveva addirittura tolto dalla bocca un sassolino bianco che aveva la forma di una pralina.

Al mattino, quando John arrivava con il secchio pieno di zuppa calda, **Rolfo** era già sveglio da almeno due ore.

Prima cercava di ottenere dalla mamma, ancora addormentata, almeno un sorso di latte. Non riuscendo ad averla vinta, si dirigeva alla finestra e ingannava il tempo guardando l'aurora.

Ma i suoi pensieri erano diretti in un'unica direzione.

Un bel colore albicocca:
me la sento quasi in bocca!
Un bel colore azzurrino:
sento il gusto dello zucchino!
E poi guarda che bel rosso,
fa pensare a bacche di bosso.
Se poi vedo l'arancione,
già m'immagino un melone.
Mi piacciono tanto i bei colori
e già ne gusto in bocca i sapori!

Quando in lontananza vedeva giungere John con in mano il secchio fumante pieno, non capiva più nulla. Si lanciava verso la porta e, come fosse seguito da una tribù di indiani sul piede di guerra, arrivava trafelato e gridava:

- Primo!

I suoi fratelli, ancora addormentati nei loro

letti, si rigiravano, aprivano un occhio e pensavano:

Cosa dice, cosa fa?
Sembra scemo, quello là!

La mamma metteva giù le zampe dal giaciglio di paglia e, sospirando, mormorava:

Il porcello si è scatenato...
Assomiglia a un lupo affamato!

Rolfo continuava a difendere la sua posizione e, quando gli altri arrivavano, ugualmente gridava:

Fermi dove siete,
Susina e Lampone
altrimenti vi arriva
un solenne ceffone.
Non ti azzardare
fratello Poldino,
sennò ti raccolgono
con il cucchiaino.
Se Pesca è saggia
e vuol esser lieta,
cominci da oggi
a fare la dieta.
E a quel furbo di Rollo,
che adesso controllo,
se mai s'avvicina
tirerò forte il collo!

Non c'era niente da fare. Appena la porta si apriva, si scagliava fuori come una freccia.

Il povero John se lo ritrovava tra le gambe e sembrava che facessero un balletto: uno si spostava di qua, l'altro si spostava di là. John faceva un balzo, **Rolfo** una piroetta.

Una volta erano andati a finire tutti e due nel secchio della zuppa: il porcellino, bel bello, mangiucchiava soddisfatto come se niente fosse, John lo guardava con una carota sulla testa e borbottava:

- Ma che cos'hai, il verme solitario o vuoi diventare una mongolfiera?

Betty, però, non accettò più questa situazione e pensò che per suo figlio fosse giunta l'ora di ricevere una bella lezione.

Decise di aspettare la raccolta delle angurie per mettere in atto un piano che aveva già preordinato.

Il giorno di ferragosto John arrivò con un'anguria grandissima e la mise al centro dello spiazzo, davanti al porcile.

Pesca, Poldo, Susina, Rollo, **Rolfo** e Betty erano seduti in cerchio intorno a quel frutto. Tutti erano tranquilli tranne il goloso **Rolfo**, che sudava, batteva la zampa a terra e muoveva la coda come fosse un'elica. Non riusciva a resistere, la situazione lo faceva impazzire!

Per fortuna la mamma si decise a spezzare l'anguria: la polpa, rossa come il fuoco, doveva essere più dolce dello zucchero.

Facendo le parti, Betty disse:

Questo pezzo, molto grosso,
va a mio figlio, quello più grasso.

Rolfo guizzò come una saetta e ingurgitò il boccone così in fretta da non sentire nemmeno il gusto.

La mamma continò:

**Il secondo, molto bello,
va al figlio più monello.**

Rolfo, sentendosi subito colpevole per tutte le marachelle del mondo, si precipitò di nuovo e ingoiò anche il secondo pezzo.

La mamma riprese:

**Il terzo pezzo dell'anguria
spetta a quello che è una furia.**

Rolfo pensò subito a tutte le volte che aveva corso come un matto verso il secchio della zuppa: la *furia* non poteva essere che lui.

Giù anche quel pezzo!

Betty, senza scomporsi, continuò:

E questo piccolo pezzettino
lo mangerà il più magrolino.

E qui la situazione si fece un po' più complicata. **Rolfo** non sapeva dove appigliarsi. Allora pensò che di notte, quando vedeva la sua ombra di profilo, se era molto buio, a volte si vedeva quasi magro.

Corse e non ci pensò due volte: **GNAM**!

Betty voleva arrivare fino in fondo, perciò continuò:

Il maialetto più coraggioso
avrà il pezzo più succoso.

Su questo non si discuteva... Chi poteva essere più coraggioso di lui che aveva fatto anche cadere John nel secchio della zuppa? Gustò quel pezzo d'anguria con un piacere indescrivibile.

La mamma fece un ultimo tentativo e disse:

**L'ultimo pezzo, il più gustoso,
lo mangerà il più generoso.**

Non si stupì di trovare davanti a sé sempre il solito grugnetto già tutto sporco di succo rosso.

Rolfo assicurò:

Ricordo una volta,
quand'ero piccino,
che ho lasciato nel piatto
un bel fagiolino.
Era minuscolo,
ma molto gustoso,
e mi è costato
uno sforzo grandioso.

Allora la mamma rispose:

- Se sei sicuro di meritartelo, tieni pure, piccolo mio!

E **Rolfo** ingurgitò con soddisfazione anche l'ultimo pezzo dell'anguria.

Ritornando al suo posto si accorse però che la

pancia gli strusciava quasi per terra e dalla sua gola usciva un rumore che sembrava un tuono di temporale: tutta la fattoria rimbombava.

Betty si alzò e concluse:

- Piccoli, a letto.

E tutti trotterellarono via.

Rolfo non si capacitava di essere stato così fortunato da mangiarsi lui tutta l'anguria e a sua volta andò ad adagiarsi nel lettino.

La stanchezza e la tensione erano molto forti e crollò subito addormentato.

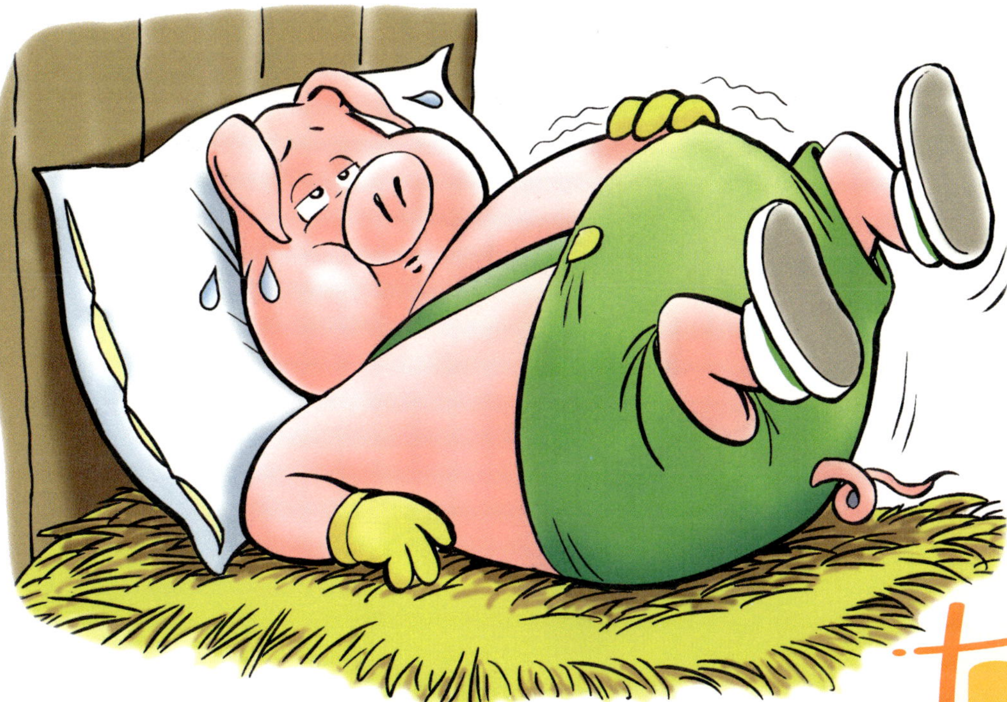

Non passò molto tempo che si risvegliò sudato e tremante: aveva sognato che una grossa anguria lo stava divorando e, quel che era peggio, i suoi fratelli ridevano come matti!

Riprovò a chiudere gli occhi, ma non trovò pace. Si girò, si rigirò, ma era come se avesse un pezzo di piombo dentro allo stomaco.

Oh, mio povero pancino,
sento già un bel dolorino.
Solo un'anguria ho divorato,
e non ho proprio esagerato!
Non ho mangiato cose fritte:
perché allora ho queste fitte?

Anche se non trovava una spiegazione, i dolori aumentarono: ad un certo punto diventarono insopportabili e la pancia iniziò a muoversi come la centrifuga di una lavatrice.

Mamma Betty osservava da lontano il suo tormento, capiva quanto doveva stare male il suo piccolo e gli si avvicinò.

Lo accarezzò, gli parlò dolcemente e lo fece ragionare dicendo:

Hai capito, mio bel goloso,
quanto può esser doloroso?
Lo so: è assai bello mangiare,
ma non devi mai esagerare.
Un po' di tutto, con moderazione:
questa vuol esser la lezione!

Rolfo, questa volta aveva capito: era distrutto dall'indigestione e aveva le lacrime agli occhi.

Verso l'alba, dopo aver riempito un secchiello di popò e aver sparato semini d'anguria come se il suo culetto fosse una mitragliatrice, trovò pace e finalmente si addormentò.

Betty accarezzò il suo ciuffo ancora sudato e pensò:

Domattina Rolfo si alzerà,
e a tutti griderà:
lo so: è assai bello mangiare,
ma non devo mai esagerare.
Ho davvero capito la lezione:
un po' di tutto con moderazione!

La mattina dopo dovette ricredersi.

Appena John tirò il chiavistello, scorse un guizzo repentino e vide una scheggia scattare.

In un attimo **Rolfo** era già alla porta e gridò:

- Primo!

Betty infilò la testa sotto il cuscino di paglia, preferendo non vedere.

MILLY LA CONIGLIETTA

Fuori della stalla c'era una CONIGLIERA con un lucchetto solido e molto resistente: John non voleva rischiare che i suoi animali potessero ricevere di notte la visita di qualche faina.

Li trattava proprio bene i suoi conigli: al mattino li nutriva con trifoglio tenero; a metà giornata con una zuppa di pane e patate; alla sera regalava loro una bella pannocchia e un letto di fieno morbido.

Quando li guardava era tanto contento e diceva tra sé:

"Quanto sono belli i miei cari conigli! Sono proprio orgoglioso di loro".

Tra tutti, però, si fermava un minuto in più ad accarezzare sempre lei, la coniglietta d'angora MILLY. Aveva il pelo che sembrava un batuffolo di cotone, due grandi occhioni azzurri e un simpatico nasino rosa.

E MILLY, muovendo vezzosamente i baffi, si lasciava guardare come se concedesse una cortesia!

Quando John si allontanava, la coniglietta si leccava il pelo soddisfatta, guardava i compagni dal manto grigio e corto e diceva loro con superbia:

Quand'egli mi guarda
la faccia diventa stupita,
c'è poco da dire:
io son sempre la sua preferita!

Gli altri conigli scrollavano un po' le orecchie, si giravano e ricominciavano a rosicchiare la carota.

I giorni passavano, passavano le settimane e poi, all'improvviso, arrivò l'estate con il suo caldo afoso.

Di giorno le cicale cantavano senza tregua e di notte cominciavano i grilli con le loro serenate...

MILLY, coniglietta di gran classe, era proprio infastidita da questo trambusto. Quello che la innervosiva di più era però il calore che la faceva sudare tutta.

E con che stizza se ne lamentava!

Che calore, che tormento,
sento dentro un gran sgomento...
Io mi accorgo di sudare,
sento il pelo appiccicare.
Queste orecchie delicate
non andrebbero bagnate:
con l'estate, mi lamento,
questo posto è un gran tormento!

Con il passare dei giorni MILLY era sempre più nervosa, finché una volta, con suo immenso sollievo, John decise di spostare la conigliera in un luogo fresco.

Costruì un bel recinto ai margini del bosco e lo circondò con un giro di reticella sottile che non lasciava passare nemmeno un topolino striminzito.

Ora si cominciava a ragionare!

La frescura diede nuovamente a MILLY una certa tranquillità e poi il poter passeggiare tra l'erba morbida con il pelo leggermente rinfrescato dal venticello, le offriva grande giovamento.

Ad un tratto la coniglietta si trovò davanti alle zampe un bel ciuffo di trifoglio.

"Che profumo delicato e che gusto delizioso devono avere quei fiori rosa che sembrano piumini per la cipria" pensò tra sé.

Stava ancora annusando, quando si trovò circondata da altri tre conigli pronti a condividere con lei quello spuntino.

MILLY si fece subito sentire:

Altolà, fermo il passaggio:
per voi non c'è nessun assaggio.
Son dei fiori prelibati
per noi che siamo raffinati.
Se li toccate coi vostri dentoni
io vi caccio a morsi e spintoni!

Così, creandosi intorno il vuoto, cominciò delicatamente a mangiare il suo trifoglio mentre gli altri la guardavano da lontano offesi ed arrabbiati.

E quella sera, quando John portò la cena, nessuno volle mangiare alla ciotola con lei.

Che m'importa, tanto meglio,
non per questo mi scompiglio.
Se mi vogliono evitare,
non li andrò certo a cercare.
Una simile compagnia
forse è meglio che non ci sia!

Da quel momento la coniglietta cominciò a trascorrere tutto il suo tempo ben lontana dagli altri conigli che erano stufi di essere snobbati.

- Se si è mangiata da sola tutto quel buon trifoglio, adesso può anche chiacchierare da sola! - si dicevano.

MILLY si creò un angolino tutto per sé nella parte più ombrosa del recinto: lì l'erba era più alta e più fresca. Appena fuori si intravedevano delle splendide margherite bianche.

"È un peccato non poterne raggiungerne nemmeno una" si disse "ma non posso rischiare di strapparmi il pelo nel tentativo di spingere la zampa fuori della rete... Per l'amor del cielo, sarebbe una disgrazia!"

Così trascorreva lunghe mattine e interminabili pomeriggi sempre sola ad ammirare le margherite.

Talvolta si ritrovava ad inventare filastrocche per ingannare il tempo.

Fiori gialli e rose spine,
tulipani e pratoline...
Ogni pianta mi è gradita,
ma assai mi piace la margherita.

Un giorno, proprio mentre stava ripetendo questa tiritera, vide spuntare lì vicino un paio d'orecchie ispide, ma di un ispido spaventoso.

Quattro salti e... quelle orecchie si trasformarono in un vivace leprotto che si avvicinò alla rete pronto ad annusarla.

Bella pupa,
sei un tipino
or ti saluto
con un bacino.
Io son Ginepro,
un tipo tosto,
vado sempre
in ogni posto.

Lei lo osservò allarmata, fece due passi indietro come se temesse di vedere qualche pulce saltare il recinto.

Lui non si offese per l'atteggiamento della preziosa coniglietta, anzi si lasciò sfuggire un sorriso.

"Abituata com'è a vivere chiusa" pensò il leprotto "cosa ne può sapere delle nuotate che si fanno al laghetto?"

Comunque MILLY non diede confidenza, non rispose alle sue domande e continuò a far fremere il naso come se percepisse un odorino un po' troppo selvatico.

Ogni pomeriggio, però, Ginepro ritornava insistente.

Se tardava, MILLY cominciava ad occhieggiare verso il bosco un po' delusa. Poi, appena scorgeva quelle orecchie spuntare, assumeva il consueto atteggiamento infastidito.

Il leprotto un giorno le disse:

La mia vita nel boschetto,
non è sempre un gran diletto.
Ma se all'alba vedo il sole,
io mangerò tante viole!
E se a sera guardo il tramonto,
dirò fra me "non son tonto!"
Perciò ti dico, e son sincero,
mi sento libero, libero davvero!

MILLY sbatteva le ciglia e pensava che libero o no poteva pure starle alla larga: per lei Ginepro era un tipo troppo ordinario.

Un pomeriggio lo vide arrivare più presto del solito e si stupì di notare i suoi occhi preoccupati.

Il leprotto le spiegò che nei pressi del boschetto aveva visto una faina che si stava avvicinando; per questo le raccomandava la massima attenzione.

MILLY non pensò lontanamente di ascoltare i suoi consigli, tanto la rete che circondava il recinto era per lei una protezione invalicabile.

Ginepro era agitato, saltellava dapperttutto e aveva i baffi che fremevano. Si trattenne poco tempo e poi si diresse velocemente verso il bosco.

La sera calò velocemente perché c'era aria di temporale, il cielo era coperto e non si vedevano spuntare le stelle.

Tutti i conigli percepirono l'elettricità che c'era nell'aria e si acquattarono vicini.

Anche MILLY cominciò ad avere paura ma non poteva certo raggiungere gli altri proprio adesso, dopo giorni che non li degnava di uno sguardo!

Cercò di farsi coraggio, intrecciò una manciata d'erba per crearsi un riparo in caso di pioggia e si accovacciò un po' tremante.

Dopo qualche tempo cominciò a sentire un leggero crepitio, poi percepì un vago rumore di sassi smossi e di erba strappata.

Poi più chiaramente sentì raspare e, prima di poter decidere quello che era meglio fare, si ritrovò davanti agli occhi una grossa faina visibilmente affamata.

Non potendo rompere con i denti le maglie di ferro della rete, la faina aveva scavato un tunnel ed era entrata di lì, ingannando anche il prudente John. Aveva subito adocchiato il pelo bianco di MILLY ed era ancora più invogliata a mangiarsela.

La coniglietta tentò, come poteva, di dissuadere l'animale:

Signora faina,
lo so che è affamata
ma le chiedo
di essere un po' più assennata!
Guardandomi fissa
dimostra buon gusto,
e aumenta così
tutto il mio lustro.
Lanciando intorno
più attente occhiate
troverà di sicuro
prede più prelibate!

La faina aveva già l'acquolina in bocca e stava per attaccarla quando, con un balzo felino, il leprotto Ginepro le fu addosso gridando:

- Scappa, MILLY! Veloce, vai nel bosco!

Per una volta tanto MILLY non fece la schizzinosa e con una velocità supersonica si ritrovò a sgambettare tra gli alberi. Dopo un tempo che le sembrò interminabile, si ritrovò al fianco Ginepro tutto ansimante.

Il leprotto aveva dei ciuffi di pelo che volavano qua e là, ma lei non lo aveva mai trovato così bello.

Vedendola tremante, Ginepro l'abbracciò e la rassicurò.

- Vedrai, a quella faina non tornerà più la voglia di avvicinarsi alla fattoria! Non aver paura!

Passarono la notte vicini vicini e MILLY, accanto a quel leprotto forte e coraggioso, si accorse di non avere paura dei fulmini né del temporale.

“Sarà pure selvatico” si trovò a pensare “ma i suoi modi sono assai raffinati. E poi... come mi sento protetta vicino a lui!”.

Verso l’alba Ginepro trovò il coraggio di parlare e disse a MILLY:

Ormai si fa giorno
e si deve tornare
vorrei tanto udire
che tu vuoi restare.
Nel bosco non trovi
di certo le fate,
né John che porta
le buone patate.
Se resti e lavori
lavori davvero,
non hai più tempo
per curare il tuo pelo...

Pronunciando queste parole le pose davanti alle zampe quel mazzo di margherite che MILLY aveva tanto occhieggiato. Poi aggiunse:

...Ma credi, tesoro,
tutta la vita
da oggi sarà
per sempre fiorita!

Mentre il temporale si allontanava lasciando un cielo pronto a cogliere un'alba radiosa, musetto di bambagia si appoggiò a Ginepro.

Per una volta tanto, senza paura di stropicciarsi il pelo.

MASSIMO IL POLLASTRINO

Quando MASSIMO il pulcino era nato, intorno alla fattoria stava esplodendo una bellissima primavera.

La sua mamma, Bianca, era al colmo della felicità: non aveva mai avuto la gioia di vedere una delle sue uova schiudersi e adesso era la chioccia più raggiante che mai si fosse vista.

Era orgogliosa del suo piccolo, anche se era nato pallido e deboluccio. Forse proprio per questo aveva voluto chiamarlo MASSIMO. Voleva che fosse il pulcino più speciale di tutti!

Adesso che era arrivata l'estate, MASSIMO era un po' cresciuto, ma continuava a rimanere molto più gracile e secco degli altri pollastrini. Lui cercava di sembrare un po' più alto tenendo bella eretta la crestina che aveva sulla testa ma era un'impresa assai difficile: la crestina non gli ubbidiva e gli restava sempre piegata.

MASSIMO pensava:

Pian pianino anch'io
assai crescerò
e l'orgoglio di mamma
di certo sarò.

Intanto viveva le sue giornate curato e coccolato dalla mamma chioccia.

Bianca gli stava addosso dal mattino alla sera come se volesse ancora covarlo. Lo baciava e lo stringeva a sé. Appena il piccolo apriva gli occhi già la trovava in sua adorazione, pronta a riempirlo di complimenti dolcissimi:

Amore, su sveglia,
è giunto il mattino,
arriva veloce
il mio primo bacino.
Ma guarda che bello,
sei proprio un tesoro,
molto prezioso,
assai più dell'oro!

Quando usciva dal pollaio, **MASSIMO** era talmente ordinato, pettinato e lustro da sembrare fatto di porcellana.

Passato un po' di tempo, però, non riuscì più a sopportare queste cure eccessive e cominciò a vergognarsi di avere in testa quel nastro che teneva diritta la debole cresta!

Anche gli animali della fattoria la pensavano come lui, ma invece di aiutarlo trovavano più divertente deriderlo.

Appena lo scorgevano arrivare sghignazzavano:

Ed ecco Massimo coccolone,
della mamma gran bambinone.
Già ti ha fatto le carezze?
Non hai abbastanza di dolcezze?
Femminuccia col fiocchetto,
puoi tornare pure a letto!

Quelle prese in giro gli davano fastidio, lo facevano davvero arrabbiare!

Più non starò
nella mia cuccia,
non son mica una femminuccia!

Ma un attimo dopo sentì la mamma già dietro di lui che gli sussurrava:

Andiamo insieme
a trovare un dolce seme
andiamo tutti
a razzolare insieme!

E così, di nuovo, tutti risero e gli ripeterono:

**Coccolino, coccoletto,
ben ti dona quel fiocchetto!**

Dopo aver sopportato per tanti giorni, quella sera il pollastrino, prima di addormentarsi, trovò il coraggio di parlare alla sua mamma.

**Senti, mamma, che ne dici
se da solo esco con gli amici?
Son diventato un po' grandino,
vado da solo qui nel giardino:
so badare ormai a me stesso,
potrei avere anche successo!**

A quelle parole Bianca rabbrivì, cominciò a tremare e sussurrò a suo figlio:

Non vuoi bene alla tua mamma
morbidona come panna?
Che ti ho fatto mio tesoro
per indurti a star da solo?
Tu sei ancora piccolino,
e starmi devi assai vicino.
Devi credere solo a me:
è questa la cosa più bella che c'è!

Massimo rispose:

Tranquilla, mammina,
dormiamo vicini,
non voglio dividere
i nostri destini.

Il mattino seguente fu tutto come al solito: stesse coccole, stesso nastrino alla cresta, stesse prese in giro...

MASSIMO giunse allora al culmine: voleva trovare una soluzione e pensò e rimuginò tanto, ma proprio tanto, finché si convinse che tutti dovevano conoscerlo meglio.

Animato da questa convinzione, chiese alla mamma se poteva organizzare per lui una bella merenda nel prato e invitare gli altri cuccioli della fattoria.

Bianca accettò di buon grado questa proposta, anzi, le sembrò un'ottima idea. Si animò subito in mille preparativi:

Chicchi di grano, di orzo, di riso
e ognun mangia col sorriso.
Bacche di mirto e qualche lampone
ti faran fare un gran figurone!

MASSIMO invitò proprio tutti, anche quell'antipatico di Fagianino, il capo-banda delle sue prese in giro.

Il giorno stabilito per la festicciola, mamma Bianca era trafelata: per preparare la merenda si era alzata all'alba, ancor prima che il gallo avesse cantato e non si era fermata un attimo.

Ora aveva le piume scompigliate e le penne scomposte, ma era felice perché nel pollaio non si era mai vista una simile preparazione.

Nastri colorati si intrecciavano uno all'altro, mazzi di fiori di campo adornavano ogni tavolata.

Per non parlare del cibo: la chioccia era riuscita a preparare persino i pop-corn!

Rolfo, il porcellino, occhieggiava dal recinto con l'acquolina in bocca.

A piccoli gruppi cominciarono ad arrivare gli invitati.

Le chiocce si appartarono con Bianca, che si era agghindata e, per rendere il suo aspetto più piacevole, si era pure passata sul becco un leggero rossetto, ricavato dal succo di un mirtillo.

Stava scoppiando di gioia: vedere suo figlio fare gli onori di casa era bellissimo!

Ma Fagianino cominciò subito con le sue solite critiche:

Che ci fa quel giallo nastro
sulla testa del pollastro?
Ma che dico, stamattina?
Dovrei dire... pollastrina?
Guarda guarda che gran festa,
c'è da far montar la testa.
Ma non perdo il mio cervello
se il festeggiato è un gran pivello!

MASSIMO si trattenne. Lo fece per la sua mamma!

Bianca era lì che distribuiva i pop-corn quando sentì il solito attaccabrighe continuare:

La sua mamma com'è strana
con il becco da Befana.
Può far pure salti mortali,
può dipingersi anche le ali,
ma se si guarda un po' allo specchio
vede un viso ormai stravecchio!

Quelle parole offuscarono per un attimo la vista di MASSIMO.

Dalla rabbia iniziò a vedere tutto nero, posò il vassoio dei pop-corn che gli stava tremando tra le ali, strappò dalle zampe di Fagianino il bicchiere di menta bevuto a metà e, con un tono che non ammetteva repliche, gli ordinò:

Vieni con me, per favore,
se esser vuoi un tipo d'onore.

Fagianino si accorse subito che il giovane pollo aveva negli occhi una luce diversa e un'espressione che non gli aveva mai visto.

MASSIMO non aspettò oltre e con mossa repentina lo afferrò per il colletto minacciandolo:

Insolente, ignorante,
pensi d'essere elegante?
Sei tu forse intelligente
quando in giro prendi la gente?
Or stai zitto, non fiatare:
la mia mamma non nominare!

Fagianino si rese conto che per la prima volta MASSIMO era infuriato.

Quando il giovane fagiano ricevette il primo pugno ben assestato in mezzo agli occhi pensò che forse quel pollo non era poi tanto deboluccio come dicevano.

Quando ricevette il secondo, sul becco, rifletté che forse non era nemmeno molto pallido come lo avevano sempre dipinto.

MASSIMO, in effetti, in quel momento era come una furia: batteva le zampe e saltellava come uno struzzo.

Nella foga il suo nastro giallo andò a cadere lontano e una paperetta con il cuore palpitante lo prese e lo nascose sotto l'ala.

Per fortuna, dopo poco, John si trovò a passare dietro il pollaio e corse a dividerli. Rifletté ad alta voce:

- Ma guarda un po' che roba... Qui non siamo in Messico, dove si fa la lotta dei polli... E tu, con quella cresta storta, prima di diventare il gallo del pollaio, aspetta di crescere ancora un po'!

I due rissosi tornarono alla festa in condizioni pietose.

Fagianino era sorretto da due suoi amici: ne aveva prese tante da non poter più fare nemmeno un passo.

Le chiocce accorsero spaventate, ma vennero subito rassicurate. Fu detto loro che nel prato posteriore era stata organizzata una partita di calcetto e Fagianino, restando in porta, non aveva saputo parare una pallonata di **MASSIMO**.

Bianca non aspettava di sentirsi dire altro e cominciò:

Se è stato mio figlio
a lanciare il pallone,
avrà fatto un tiro
da vero campione.
Quando lui vuole
ottenere qualcosa
la sua forza diventa
assai mostruosa!

Poi, preoccupata anche di vedere il suo gioiello così in disordine e scarmigliato, corse subito a recuperare un altro nastro, pronta a sistemarlo nuovamente intorno alla cresta del figlio.

Questa volta, MASSIMO fu molto deciso anche con lei.

Basta, mammina, con questo nastrino;
io non son più il tuo pollastrino!
Cammino da solo, mi rompo la testa
ma bado soltanto alla mia cresta!
Può stare diritta oppure un po' storta,
non è certo questo quel che m'importa.
Quello che conta, che mi rende più bello,
è ciò che provo nel mio cervello!

Bianca lo guardò un po' allibita, aprì il becco per ribattere, ma lo richiuse subito senza dire alcuna parola.

Aveva capito finalmente che MASSIMO non era più il suo piccolo. Se gli voleva bene davvero ormai doveva lasciarlo crescere rispettando le sue scelte.

Le sarebbe piaciuto avere per sempre al fianco un piccolo pulcino, ma non poteva essere più così. Ormai MASSIMO era diventato un galletto!

Lo guardò da lontano, così slanciato e con quella cresta storta che gli dava quell'aria da bulletto.

Quasi faticò a riconoscerlo ma in lei si fece strada una nuova sicurezza: era orgogliosa di avere un figlio così bravo e maturo.

PUMA IL GATTO

La parte della casa che John preferiva era l'*adorata cantina*.

Vi aveva creato una dispensa personale dove ci teneva il suo tesoro: formaggi di tutti i tipi!

Quando entrava lì, cominciava a recitare una sorta di litania:

Parmigiano delicato,
io ti sento nel palato.
Quanto è buona la caciotta,
ancor più della ricotta.
Se poi penso al mascarpone,
ne mangerei un gran vagone.
Ma il formaggio più carino
per me è sempre il pecorino!

Sugli scaffali c'erano decine di piccole forme allineate che andava a controllare ogni giorno: quel profumo era per lui delizioso!

Una mattina, però, John notò qualcosa di strano. Osservò meglio e lanciò un'imprecazione:

- Corpo di Bacco!

Una forma di formaggio, proprio di pecorino, era rosicchiata lungo il bordo.

Ne osservò bene un'altra e vide lo stampo di due dentini aguzzi.

- **Topi**, non c'è dubbio che siano topi - mormorò ad alta voce.

Dopo un attimo di riflessione cominciò ad arrabbiarsi.

Si arrampicò dappertutto: si infilò sotto gli scaffali camminando a quattro zampe e rischiò persino di precipitare da una trave nel tentativo di scovare una tana o una traccia che portasse a quei delinquenti.

Dopo tante ricerche uscì dalla cantina ricoperto di ragnatele e con i capelli diritti.

"In una fattoria" pensò tra sé, "se voglio stare tranquillo devo mettere un bel gatto di guardia!"

Il pomeriggio passò in un baleno e, a sera, John si precipitò alla fiera.

C'erano esposti galli, pecore, mucche… e per fortuna non mancavano i gatti! Gatti neri dagli occhi gialli, gatti grigi dagli occhi blu...

Ad un tratto, John vide lui, un gattone bianco a macchie nere con gli occhi verdi sprofondati nel suo faccione tondo.

- Questo è il mio gatto - disse subito. - Si vede dall'espressione degli occhi che è il TERRORE DI TUTTI I TOPI.

Non cercò nemmeno di abbassare il prezzo, lo caricò sul suo camioncino e tornò a casa, di nuovo sereno e pronto ad iniziare la sua guerra.

Per strada cantò, fischiettò e pensò:

"Questo gatto è un lottatore, si vede dalla stazza che è uno che non si arrende. Lo capisco osservando la struttura del suo muso, lo capisco vedendo l'espressione dei suoi occhi: so che ho fatto un affare, questo gatto è un campione!"

Di sera, pensò di dargli un nome.

"Micio? Meo? Ciro? Gedeone? Puma... Puma!".

Lo guardò e ripeté:

- Puma!

In quel momento il gatto alzò gli occhi verso di lui: quell'occhiata valeva più di una conferma!

John voleva dare a quell'animale il nome di un felino abile ed agguerrito, il nome di un predatore irriducibile e irrefrenabile. Sì, sì, era proprio il nome giusto!

Il mattino seguente John portò Puma in cantina e gli raccomandò:

- Al lavoro, bello, falli sparire!

Chiuse la porta e lo lasciò lì.

Puma si guardò intorno, annusò l'aria, percepì subito l'inconfondibile odore di roditore e… in un attimo trovò la tana e scovò un'intera famiglia di topini campagnoli.

Stavano rintanati più lontano possibile dal suo muso.

Puma si piantò davanti alla tana e cominciò a soffiare e a lanciare miagolii spaventosi. I suoi occhi sembravano di ghiaccio: terribili! Ce la mise tutta per svolgere bene il suo compito: non voleva deludere il nuovo padrone.

Ma John ancora non sapeva che il suo ferocissimo gatto... come cacciatore non valeva una cicca. Era l'unico felino a provare una vera e propria predisposizione verso i topi, tanto da desiderare di essere loro amico. Quando se li vedeva davanti, così piccoli e indifesi, si sentiva dentro uno struggimento e si commuoveva addirittura.

Era già stato cacciato da tre fattorie per questo suo difettuccio... ma aveva giurato a se stesso che non sarebbe successo di nuovo.

Puma non volle nemmeno posare lo sguardo su quella nidiata.

Quando pensò di averli spaventati abbastanza, girò la coda per andarsene e proprio in quel momento si trovò davanti papà topo che, con le zampe spalancate per proteggere la sua famiglia, gridò:

Gattaccio feroce,
divorami all'istante,
ma risparmia la mia prole
spaventata e delirante!

Puma perse immediatamente la sua aria battagliera, sbatté le palpebre, guardò i topini celando un leggero sorriso sulle labbra e farfugliò:

Ma che bella la famiglia,
il mio cuore si scompiglia...
e i piccoletti, che graziosi,
han dei musini deliziosi!
Non vi voglio io mangiare,
ma un amico diventare!

All'inizio i topini campagnoli non si fidarono.

"Non sarà mica un inganno per mangiarci?" si dissero tra loro.

Poi, vedendo l'aria sconsolata dipinta sul volto del gatto, si ricredettero e iniziarono a parlare con lui.

Puma si sfogò e confidò loro di avere molte preoccupazioni. Disse di temere di venire cacciato anche da quella fattoria, che pure gli piaceva tanto. Il suo destino era segnato: doveva ammettere che, nonostante l'aspetto feroce, lui era un gatto tenero come il burro e soprattutto non un bravo cacciatore.

Mamma topa era troppo felice di avere incontrato un soggetto simile.

Ma che gatto, tu sei una gemma
e a noi serve lo stratagemma.
È il destino che ti ha mandato,
è proprio un caso fortunato...
Perciò ti giuro, niente pene,
stai con noi, e starai bene!

Dopo aver messo a letto i piccoli, cominciò a camminare per la cucina alla ricerca di una soluzione con un tale impeto ed un'espressione tanto concentrata da incutere soggezione... Girò intorno al tavolo, vicino al quale suo marito stava seduto reggendosi la testa sconsolato ma muto. Lui sapeva bene che era meglio non disturbarla in quei momenti!

Puma era sempre lì con loro; più passava il tempo più temeva l'avvicinarsi dell'arrivo di John.

Ad un tratto la topina fermò bruscamente il suo camminare nervoso e sbottò:

Ho pensato e ripensato,
e il groviglio ho alfin snodato.
Questa cosa non vi gusta?
È però la sola giusta!

Quella laboriosa topetta sapeva fare di tutto, ma la sua vera passione era il cucito: in quello era bravissima. Sapeva vestire da capo a piedi i suoi piccoli e, a carnevale, li aveva travestiti da draghi: erano belli, tutti verdi come ranocchietti.

Se era riuscita a trasformare dei topolini veri, avrebbe potuto "creare" dei topolini finti!

Animata da questa intuizione fece scattare in piedi il marito come fosse una molla e gli ordinò di recuperare della stoffa morbida, pelosetta, di color topo!

Adesso era la volta di affidare un compito a **Puma**. Toccava a lui cercare dei granelli di pepe per fare gli occhi dei finti-topi.

Doveva poi trovare dei bottoncini rosa a perla per i nasini e qualcosa che potesse sembrare una coda.

Intanto mamma topa stava maneggiando un forbicione con aria minacciosa.

Con la coda tra le zampe, **Puma** partì e andò alla ricerca di tutto ciò che serviva, mentre lei già stava tagliando sulla carta uno stampo a forma di topo.

Quando quei due, sfiniti, ritornarono con il materiale raccolto, la trovarono lì, in piedi, che batteva la zampetta impaziente.

Non li lasciò parlare e ordinò:

**Segatura per
imbottire!
Qui non c'è posto
per chi ama dormire.**

E Puma pensò:

**Va bene amare tutti,
compresi i roditori,
ma non deve comandare
per mandarmi dentro e fuori.**

Mamma topa, intanto, si legò i capelli a coda di cavallo, si sedette alla macchina da cucire e pedalò con l'impeto di una tromba d'aria.

Quando Puma e papà topo ritornarono tutti infarinati di segatura, lei stava eseguendo le ultime rifiniture con l'ago, camuffò le piccole imprecisioni con della polpa di pomodoro e consegnò al gatto una miriade di topi di stoffa orribilmente insanguinati.

La topina disse:

Ho duramente lavorato
e il mio lavoro terminato.
Ora sei tu che devi agire,
il tuo padrone dovrai stupire.
Se sarai furbo e molto scaltro,
non avrai bisogno di altro.

Puma si mise all'opera e quando John rientrò vide davanti a sé proprio lo spettacolo che sperava: TOPI MORTI DA TUTTE LE PARTI... TOPI INSANGUINATI E STRAZIATI IN OGNI DOVE, CADAVERI, CADAVERI, CADAVERI! Non avrebbe mai creduto che nella sua bella fattoria potesse esserci un simile battaglione di roditori!

Li contò e arrivò a trenta ma nel tardo pomeriggio giunse a contarne sessantacinque.

A sera toccò il numero di cento vittime. Aveva una casa infestata di topi e non se ne era accorto!

La sera, sotto il porticato, Puma ricevette tripla razione di zuppa e tripla razione di grattate sulla testa.

John continuava a ripetere:

- Che fenomeno, che portento! Sono strafelice di aver scelto proprio te. Mi è bastata un'occhiata per capire che eri l'animale che cercavo ed ora che ho visto con i miei occhi la tua abilità, non ti lascerò più scappare!

A quelle parole Puma non ebbe neanche il coraggio di alzare la testa.

Intanto le calde giornate estive trascorrevano serene e sonnolente.

Di tanto in tanto **Puma** seminava qualche cadavere di topo di stoffa e passava poi i pomeriggi con gli amici topolini, quelli veri.

I piccoli gli passeggiavano sulla schiena senza alcun timore e giocavano a nascondersi dentro le sue orecchie. Certo, doveva rinunciare a buona parte del suo cibo per sfamare tutti loro, ma purché non toccassero quei preziosi formaggi era disposto anche a fare la dieta.

Stava andando tutto troppo bene, quando un giorno successe un grosso guaio. Già dal mattino cominciò a piovere.

Puma sonnecchiava sul divano godendosi quel rumore scrosciante che gli cantava la ninna-nanna. Ad un certo punto, un po' annoiato, decise di andare a far visita agli amici per far passare il tempo e scuotersi un po'.

Quando arrivò in cantina, gli apparve uno spettacolo che gli fece lanciare un miagolio e rizzare il pelo sulla schiena: una grondaia rotta aveva deviato l'acqua in cantina e allagato tutta la stanza... I topi campagnoli, per cercare scampo, erano saliti sullo scaffale più alto e sembravano spaventatissimi: i piccoli squittivano in continuazione rimanendo tremanti tra le braccia della mamma: perfino lei non sapeva cosa fare.

L'acqua, ormai, era troppo alta e nemmeno **Puma** poteva più raggiungerli.

Il suo cuore di gatto buono si strinse dal dispiacere. Miagolò, saltellò… poi in lui divenne chiaro che soltanto una persona poteva risolvere quel problema.

Si precipitò nel porticato, saltò sulle scarpe di John e lo tirò a tutta forza per i lacci e per i pantaloni.

Appena entrato in cantina anche John lanciò un grido:

- Madre Santa, che casotto! Che è successo qui? È in pericolo il formaggio! Devo fare subito qualcosa prima che si trasformi in una pappa molla: al mio gatto fedele non è sfuggito niente.

Cominciò a spostare le forme profumate, ma ancora non capiva perché **Puma** continuasse a stiracchiare la sua maglia.

Poi alzò gli occhi e vide davanti a sé la ragione di tanto sgomento: c'era un'intera famiglia di topi campagnoli bagnati, infreddoliti e pieni di paura.

John si sentì confuso.

Come aveva potuto il suo feroce micione cacciatore essersi così preoccupato per loro?

Stava ancora rimuginando questo pensiero quando girò lo sguardo e vide galleggiare un altro topino. Da uno strappo nel suo corpo stava uscendo segatura, al posto degli occhi aveva due granelli di pepe.

John non era uno sciocco e capì tutto al volo.

Rivolto all'animale che lo stava guardando con la coda tra le gambe, gridò furioso:

- Brutto gatto imbroglione, se ti raggiungo ti mollo un bel calcio nel sedere. Quante volte mi hai mentito, quante volte ti sei preso gioco di me? Tu sei solo un traditore, un traditore che preferisce i roditori al suo padrone!

Ma l'acqua stava salendo e John si trovò a dover scegliere: o perdere gran parte del suo formaggio o salvare quella famigliola di naufraghi. Dopo un momento di attesa prese la sua decisione e non ci pensò due volte.

La pioggia stava scendendo lentamente sulla sera d'estate.

John cominciò a tagliare: una fetta per sé, un pezzo per quel lavativo di Puma, due fettine per quei due topi spaventati che stavano lentamente asciugandosi il pelo, delle scagliette per tutti quei cuccioli mezzo addormentati dentro un morbido asciugamano.

Nella penombra si sentì solo un lento masticare, un leggero rosicchiare.

John guardò un po' la luna, che dopo la pioggia era più luminosa, guardò il suo gatto accovacciato ai suoi piedi e, con voce severa, disse:

- ...E da domani a te cambio nome: ti chiamerò **Tenerone**!

Tutti continuarono lentamente a masticare.

ED ORA...

GIOCHIAMO CON GLI ANIMALI

A cura di
Nandina Muzzi

CACCIA AI NOMI

Nella Fattoria di Prato Fiorito ci sono molti animali. Scrivi i nomi dei principali e disegna quello che ti è più simpatico.

ANIMALI

NOME COMUNE	NOME PROPRIO
Porcellino	Rolfo

DISEGNO

Il più simpatico:

COME SONO GLI ANIMALI?

Cancella la qualità che l'animale non possiede.

ROLFO IL PORCELLINO

golosone
cicciotto
rinsecchito

PUMA IL GATTO

furbo
feroce
buono
protettivo

MILLY LA CONIGLIETTA

generosa
vanitosa
morbida
raffinata

MASSIMO IL POLLASTRINO

coccolone
carino
affettuoso
maleducato

IL FORMAGGIO... CHE PASSIONE!

Come farà il topino per raggiungere il formaggio?

A CHI SI RIFERISCE?

Unisci con una freccia la frase all'animale che l'ha pronunciata.

Lo so: è assai bello mangiare
ma non devo mai esagerare.

Son dei fiori prelibati
per noi che siamo raffinati.
Se li toccate coi vostri dentoni
io vi caccio a morsi e spintoni!

So badare ormai a me stesso,
potrei avere anche successo!

Che bei topini, che bella famiglia,
il mio cuore si scompiglia!

UN GATTO...

Completa il cruciverba.
Nella colonna evidenziata troverai il nome nuovo del gatto Puma.

1. Quando finisce il giorno giunge la...
2. È terribile come la fame. La...
3. Servono per masticare.
4. È un grande frutto con molti semi all'interno e la polpa arancione.
5. I suoi chicchi servono per fare una bevanda simile al caffè.
6. Il suo peggior nemico è il gatto.
7. Quello del gallo sveglia le galline.
8. Sulla testa del gallo.

IL NASTRINO DEL POLLASTRINO

Quali parole mancano?

Non è necessario un nastrino per far stare dritta la...
basta solo un pochino di coraggio per tenere alta la...

Trova, nello schema, le parole elencate e... resteranno quelle che cerchi.

- IO
- PATATA
- PORCO
- ORCO
- PESCA
- MOSTO
- CALDO
- CHICCO

C	H	I	C	C	O	I
C	R	E	S	T	A	O
P	A	T	A	T	A	T
O	P	O	R	C	O	E
R	P	E	S	C	A	S
C	M	O	S	T	O	T
O	C	A	L	D	O	A

Le parole mancanti sono:

.... e ....

LO SAI CHE?

IL CONIGLIO...

... ha orecchie molto grandi e sensibili, in grado di muoversi insieme o una alla volta.

... ha un olfatto sviluppatissimo e "marca" il proprio territorio con una secrezione emessa da speciali ghiandole situate sotto il muso.

... è molto prolifero e vivace: in Australia, dove non esisteva, venne importato e, non avendo nemici naturali, si è diffuso in modo spropositato.

LO SAI CHE?

IL MAIALE...

... non può essere mangiato dai musulmani: lo proibisce la loro religione.

... alla nascita pesa da 1 a 2 chili, da adulto può arrivare anche a trecento chili.

... ha sotto la pelle uno strato di grasso, chiamato *lardo*, spesso anche 10 centimetri.

LO SAI CHE?

IL POLLO...

... deriva da una specie selvatica dell'India: *Gallus gallus*.

... se è maschio (gallo) ha la cresta dritta in alto, se è femmina (gallina) ha la cresta ripiegata in basso.

... fa versi differenti: se è un gallo (CHICCHIRICHÌ) se è una gallina (COCCODÈ).

... anche se ha le ali non riesce a volare perché con il passare dei millenni si è molto appesantito.

LO SAI CHE?

IL GATTO...

... qualche volta "soffia" contro il padrone perché è geloso se egli tocca un altro gatto.

... può cadere anche da un'altezza notevole e... non farsi male: infatti riesce a toccare la terra sempre con le zampe.

... è in grado di riconoscere il rumore dell'auto del padrone. Allora inizia a fare le fusa.

COSTRUISCI LA SCHEDA DEL LIBRO

AUTORE: ....

TITOLO: ....

CASA EDITRICE: ....

....

PROTAGONISTI: ....

....

QUALE PERSONAGGIO TI È PIACIUTO DI PIÙ?

....

DISEGNALO QUI SOTTO:

INDICE

C'era una volta...
la Fattoria di Prato Fiorito 4-5

Rolfo il porcellino 7

Milly la coniglietta 29

Massimo il pollastrino 49

Puma il gatto 69

Giochiamo con gli animali 95

Serie Gialla (prime letture)

1 – *Ivonne Mesturini* – Nicolò e Brilli
2 – *Ivan Sciapeconi* – Zezè e Cocoricò
3 – *Mara Porta* – Croac e la strana malattia
4 – *Loredana Frescura* – Il fantasma dispettoso
5 – *Giovanna Marchegiani* – Gedeone, il pagliaccio mattacchione
6 – *Giovanna Marchegiani* – Le scorpacciate di Gelsomina
7 – *Luigino Quaresima* – Ed ora... a scuola!
8 – *Luigino Quaresima* – Avventure... a scuola
9 – *Luigino Quaresima* – Vacanze pazze
10 – *Luigino Quaresima* – L'eroico Ot
11 – *Giovanna Marchegiani* – Rampichina e la voglia di volare
12 – *Giovanna Marchegiani* – Giulietta, streghetta perfetta
13 – *Luigino Quaresima* – Il Pianeta della Felicità
14 – *Luigino Quaresima* – Bob, cagnolino curioso
15 – *Ivonne Mesturini* – Ludovica e Taro
16 – *Alessandra Rimei* – Nel Mondo Rotondo
17 – *Marina Rossi* – La Fattoria di Prato Fiorito
18 – *Patrizia Ceccarelli* – Che animali strampalati!

Serie Rossa (a partire dai 7 anni)

1 – *Esopo* – Le più belle favole
2 – *Antonella Ossorio* – Tante fiabe in rima
3 – *Carlo Collodi* – Pinocchio
4 – *Luigino Quaresima* – L'astrobolla
5 – *Gabriella Pirola* – Nata sotto un cavolo

6 – *Luigi Capuana* – Trottolina e altre fiabe
7 – *Paola Valente* – La Maestra Tiramisù
8 – *Fatima Mariucci* – Il formicuzzo Gennaro
9 – *Giovanna Marchegiani* – Leo e... Poldo
10 – *Antonella Ossorio* – Tante favole in rima
11 – *Domenico Romano Mantovani* – L'omino nella tromba
12 – *Marco Moschini* – I rapatori di teste
13 – *Nicola Cinquetti* – Un pirata in soffitta
14 – *Valente, Mantovani, Moschini, Cinquetti* – Fra streghe e... risate
15 – *Annalisa Molaschi* – Un safari emozionante
16 – *Rosalia Mariani* – Guerra agli spauracchi
17 – *Maria Strianese* – Il ragno volante
18 – *Annamaria Piccione* – Hanno rapito mio fratello
19 – *Paola Segantin* – Non arrenderti, Fortuna!
20 – *Gabriella Pirola* – Domitilla
21 – *Quaresima, Pirola* – Una stella e... un mostro!
22 – *Nadia Bellini* – Le ortiche della saggezza
23 – *Eleonora Laffranchini* – Maurizio, gatto egizio
24 – *Ivonne Mesturini* – Girogirotondo
25 – *Annamaria Piccione* – Il gallo che amava la luna
26 – *Ottino, Conte* – Il paese del pesce felice
27 – *Nazzarena Stival* – Il fantasma dell'Osservatorio
28 – *Marina Rossi* – Tonto e Bla Bla
29 – Angela Riva – L'orripilante Mostro Trinciasucchiapelo

Serie Blu (a partire dai 9 anni)

1 – *Rudolf Erich Raspe* – Il Barone di Münchhausen
2 – *Cinzia Marotta* – Koll, la città sulle isole

3 – *Lyman Frank Baum* – Il Mago di Oz
4 – *Luigino Quaresima* – Il ritorno della mummia
5 – *Nadia Bellini* – Il mondo di Federico
6 – *Oscar Wilde* – Il Principe Felice e altri racconti
7 – *Olga Sesso* – Janurè e le favole del mondo
8 – *Ruben Marini* – Alto, forte, con i capelli un po' lunghi
9 – *Luigino Quaresima* – Prigionieri della strega
10 – *Loredana Frescura* – Protov non dimentica
11 – *Rosa Dattolico* – Accidenti, che estate!
12 – *Paola Valente* – La classe terribile
13 – *Eleonora Laffranchini* – Caccia al virus
14 – *Marco Tomatis* – Il mistero della pietra nera
15 – *Frescura, Laffranchini, Tomatis* – Gatti, attori e battaglie
16 – *Gualtiero Bordiglioni* – Il professore non è matto
17 – *Daniela Donati* – L'alzabambini
18 – *Luigi Ferraresso* – Ciao maestro
19 – *Rossana Guarnieri* – Il mistero del drago
20 – *Annamaria Pozzi* – Prigionieri in alto mare
21 – *Fiorella Herber Fattorini* – Barra-Cuda
22 – *Bordiglioni, Herber Fattorini, Molaschi* – Misteri per tutti i gusti!
23 – *Fatima Mariucci* – La gattina e le scarpe da tennis
24 – *Sperone, Tosco* – L'amico nel taschino
25 – *Nandina Muzzi* – L'urlo
26 – *Fiorella Herber Fattorini* – La stanza dell'equinozio
27 – *Cinzia Medaglia* – Pepi il vagabondo
28 – *Rita Stecconi* – Il mistero dei Roccamanero
29 – *Elena Spelta* – SOS mare

Serie Un tuffo nella storia

- *Nadia Vittori* – Testa dura ma... geniale
- *Nadia Vittori*– Alla ricerca del pugnale sacro
- *Nadia Vittori* – Il profumo della porpora
- *Nadia Vittori* – Gli scribi reali
- *Nadia Vittori* – L'alloro e la spada
- *Nadia Vittori* – Il segreto dei vasi neri
- *Nadia Vittori* – La lupa e l'aquila
- *Nadia Vittori* – Le ali della fortuna
- *Nadia Vittori* – Tre cuccioli imperiali
- *Nadia Vittori* – La spada delle steppe
- *Nadia Vittori* – La Preistoria: Miti-Scoperte-Invenzioni
- *Nadia Vittori* – Le civiltà dei fiumi e dei mari: Miti e leggende
- *Nadia Vittori* – L'antica Roma: Le più belle leggende

Serie Avventure divertenti

- *Luigino Quaresima* – Il fantasma di Nonno Berto
- *Luigino Quaresima* – Nonno Berto nell'antica Roma
- *Luigino Quaresima* – Nonno Berto nel futuro
- *Paola Valente* – Un Leone... un po' fifone!
- *Paola Valente* – Narciso in vacanza

Serie I Classici

- *Esopo* – Le più belle favole
- *Lyman Frank Baum* – Il Mago di Oz

Puoi comunicare:

- le tue impressioni
- i tuoi desideri
- le tue proposte

Scrivendo a:

RAFFAELLO EDITRICE

Via dell'industria, 21

60037 Monte San Vito (AN)

info@ilmulinoavento.it

avrai sempre una risposta!

Puoi trovare il catalogo completo del Mulino a Vento con le ultime novità all'indirizzo: http://www.ilmulinoavento.it